Paris
1861

Jourdain, Charles-Marie-Gabriel Brechillet,

De l'influence d'Aristote et de ses interprètes sur la découverte du nouveau-monde

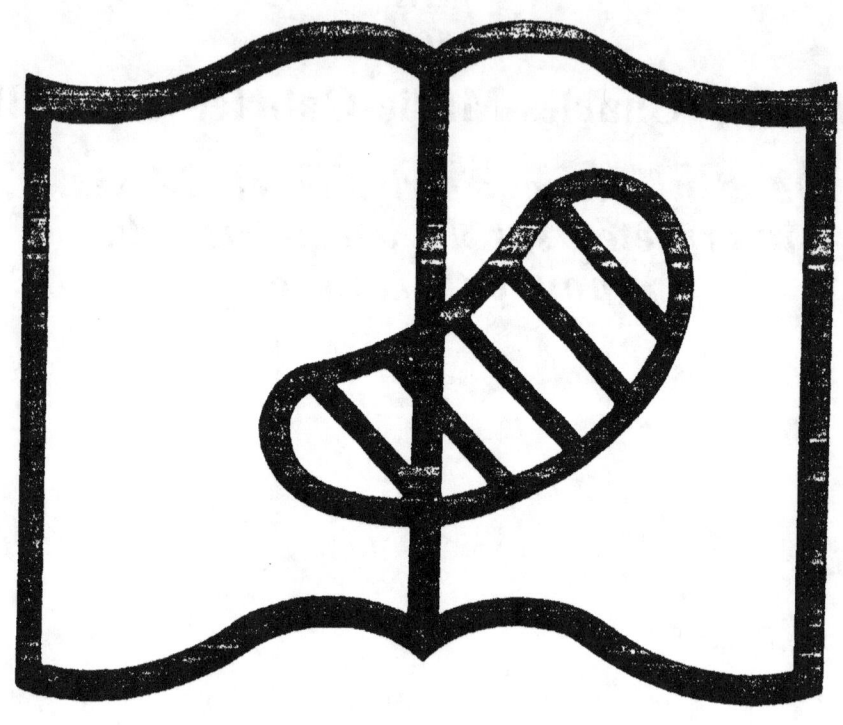

Symbole applicable
pour tout, ou partie
des documents microfilmés

Original illisible

NF Z 43-120-10

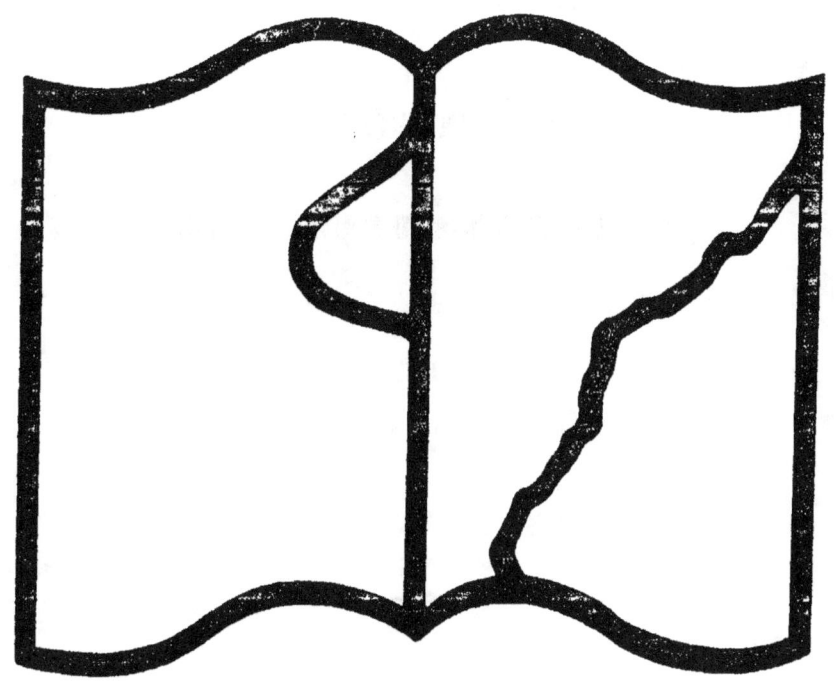

Symbole applicable
pour tout, ou partie
des documents microfilmés

Texte détérioré — reliure défectueuse

NF Z 43-120-11

DE

L'INFLUENCE D'ARISTOTE

ET

DE SES INTERPRÈTES

SUR LA DÉCOUVERTE DU NOUVEAU-MONDE

PAR

Charles JOURDAIN

Chef de division au ministère de l'instruction publique et des cultes.

———— ✦ ————

PARIS

IMPRIMERIE ET LIBRAIRIE CLASSIQUES DE PAUL DUPONT

Rue de Grenelle Saint-Honoré, 45

——

1861

Extrait du Journal général de l'instruction publique
du mois d'août 1861.

DE

L'INFLUENCE D'ARISTOTE

ET DE SES INTERPRÈTES

SUR LA DÉCOUVERTE DU NOUVEAU-MONDE.

Je me propose de rechercher, dans les pages qui suivent, l'influence qu'Aristote et ses interprètes ont exercée sur le développement d'une conception géographique, qui, de l'aveu de tous les historiens, a joué un rôle essentiel dans la découverte du Nouveau-Monde.

Lorsque, le 3 août 1492, Christophe Colomb quitta le port de Palos, avec les trois vaisseaux que la reine Isabelle de Castille avait placés sous ses ordres, il s'attendait, en cinglant vers l'ouest, à rencontrer les côtes de l'Inde. C'était surtout cette conjecture, évidente à ses yeux, qui lui avait inspiré sa périlleuse entreprise; ce fut elle qui le soutint contre le découragement de ses compagnons effrayés de la longueur du voyage; tel était l'empire qu'elle exerçait sur son esprit, qu'en touchant la terre, il se crut à proximité de l'Asie; qu'au voyage suivant, parvenu à l'île de Cuba, il en prit les côtes pour celles du Cataï, et qu'il mourut avant d'avoir été détrompé. Il est constant, par le témoignage de Christophe Colomb, que la possibilité d'aller d'Espagne en Asie, à travers l'océan Atlantique, n'était pas une hypothèse qui lui fût propre et qu'il eût personnellement inventée ; il avoue qu'il l'avait puisée dans les ouvrages des cosmographes les plus accrédités de son temps, entre autres, l'*Imago mundi* du cardinal d'Ailly. C'est d'ailleurs un fait avéré, que cette doctrine remonte plus haut que Pierre d'Ailly, plus haut même que le moyen âge, et qu'elle a été soutenue dès l'antiquité : le témoignage de Sénèque, à défaut de ceux d'Aristote et de Strabon, ne permet aucune hésitation à cet égard. Mais combien d'autres conceptions qui s'étaient produites chez les anciens se sont ensuite effacées et perdues, ou bien sont demeurées stériles! Comment se fait-il que l'idée d'une communication entre les rivages de l'Europe et la côte de l'Asie, prolongée à l'Orient, ait surnagé, et par quels intermédiaires cette idée s'est-elle transmise jusqu'à l'époque où Christophe Colomb devait en faire une application si courageuse et si féconde, encore que ses prévisions se soient trouvées en partie erronées, et que la découverte qu'il accomplit n'ait pas été celle qu'il avait annoncée? La question touche aux origines du fait le plus important qui soit consigné dans les annales de la géographie. Elle méritait assurément un sérieux examen, et c'est à juste titre que M. Alexandre de Humbold en a fait le sujet principal de son livre sur la géographie du nouveau continent (1). Mais peut-être eût-il été possible à l'éminent écrivain d'apporter des conclusions encore plus précises. Les témoignages qu'il a recueillis et le commentaire dont il les accompagne laissent-ils clairement discerner la principale influence qui a perpétué en Occident la tradition que Christophe Colomb a suivie? Dans ces savantes recherches, où éclate une érudition si variée et en général si exacte, il y a, si je ne me trompe, une lacune que je voudrais essayer de combler, en insistant sur un point qui me paraît capital : c'est que l'hypothèse du voisinage de l'Espagne et de l'Asie, cette hypothèse fausse en elle-même et cependant très-favorable aux entreprises maritimes, fut empruntée, non pas aux livres des géographes, mais à ceux d'Aristote et de ses in-

(1) *Examen critique de l'histoire de la géographie du nouveau continent.* Paris, 1836 et années suiv., 5 vol. in-8º. Voyez aussi l'*Essai sur l'histoire de la cosmographie et de la cartographie pendant le moyen âge,* par le vicomte de Santarem. Paris, 1849-1852. 3 vol. in-8º.

terprètes. Aristote l'avait indiquée; ses interprètes l'ont recueillie, et c'est par leur intermédiaire qu'elle s'est transmise au moyen âge, qu'elle a pénétré dans l'enseignement de l'École, et qu'elle est entrée dans le courant des opinions répandues au siècle de Christophe Colomb qui en comprit la portée, et eut l'intrépide courage de s'élancer à travers l'Océan, sur la foi de cette seule idée.

Je circonscris, en ces termes, l'objet de mes recherches; j'en indique à l'avance le résultat, afin de prévenir les fins de non-recevoir qui pourraient, au seul énoncé du titre de ces pages, s'élever dans quelques esprits contre la supposition paradoxale, que le péripatétisme ait à revendiquer aucune part dans un fait en apparence aussi étranger à ses doctrines que la découverte du Nouveau-Monde.

La géographie du moyen âge sur laquelle je ne voudrais pas m'appesantir, mais que je ne puis me dispenser de caractériser à grands traits, procédait, jusqu'au douzième siècle, de deux origines contraires : l'une profane, les anciens géographes; l'autre ecclésiastique, les Pères de l'Eglise.

Les traditions géographiques n'avaient pas souffert moins de dommage que les autres branches de la culture littéraire, dans le chaos qui suivit les invasions barbares. Toutefois, de précieux débris avaient échappé au naufrage. Avant comme après Charlemagne, Pomponius Méla, Pline l'Ancien, Solin son abréviateur, l'astronome Manilius, Hygin, Macrobe et Marcien Capella, n'ont pas cessé d'être lus en Occident. Au douzième siècle, on trouve cités les *Canons* de Ptolémée (1) dont la *Grande Composition*, traduite en latin par Gérard de Crémone, fut si répandue un siècle plus tard. Les ouvrages de Strabon n'étaient pas alors connus, et ils ne l'ont pas été avant le pontificat de Nicolas V, qui en commanda la première traduction à Guarini.

La doctrine que l'antiquité léguait aux nouvelles générations par l'entremise de quelques-uns de ses écrivains, c'est que la terre est

(1) Les *Canons* de Ptolémée sont cités par Hermann Contract, *de Utilitatibus astrolabii*, ap. B. Pez, *Thes. anecdot. nov.* T. III, p. 2, col. 125; et par Hugues de Saint-Victor, *Erudit. didascal.*, l. III, c. 2, opp. T. III, p. 7.

une sphère qui occupe le centre du monde ; que la plus grande partie de sa surface est couverte par les eaux ; qu'il existe, outre le continent que nous occupons, une seconde zone tempérée au delà de l'équateur, dans l'hémisphère austral ; que cette zone, par son climat semblable au nôtre, convient à l'habitation des hommes, mais que, pour y pénétrer, il faut traverser des régions brûlées par le soleil ; qu'ainsi d'infranchissables barrières nous en séparent, et que, s'il y a des antipodes, nous ne pouvons avoir avec eux aucune communication.

Les écrivains des premiers siècles du moyen âge suivirent les modèles qu'ils avaient sous les yeux, et dans l'étude de la géographie que Cassiodore avait recommandée (1), ils se montrèrent, comme partout ailleurs, les disciples des anciens. En général, ils admettent la sphéricité de la terre. Isidore de Séville, copiant une phrase du *Poeticon Astronomicon* d'Hygin, enseigne que la terre est placée au centre de l'univers, à une distance égale de tous les points de sa circonférence (2) : n'est-ce pas reconnaître qu'elle a, comme le monde lui-même, la forme d'une sphère ? Beda est plus positif encore : il ne se contente pas d'affirmer que la terre, malgré les inégalités de sa surface, est ronde ; il en fournit la preuve empruntée à Pline : c'est que du point que nous occupons, nous apercevons les astres qui sont au nord sans voir ceux qui sont au midi ; et que, réciproquement, si nous habitions les contrées méridionales, nous ne verrions pas ceux du nord, la convexité du sol ne permettant pas, dans ce cas ni dans l'autre, d'embrasser à la fois les deux pôles (3). Raban Maur admet aussi que la terre est de forme sphérique ; mais ne voulant pas contredire ouvertement la mention de ses quatre angles, qui est faite

---

(1) *De Instit div. litter.*, c. 25 : « Cosmographiæ quoque notitiam vobis percurrendam esse non immerito suademus. »

(2) *Etymol.*, l. xiv, c. 5. Cf. Hygin, *Poeticon astronomicon*, l. i, c. 8.

(3) *De Natura rerum*, c. 46, opp. T. 1. « Orbem terræ dicimus, non quod absoluti orbis sit forma, in tanta montium camporumque disparitate, sed cujus amplexus, si cuncta linearum comprehendantur ambitu, figuram absoluti orbis efficiat. Inde enim fit, ut septentrionalis plagæ sidera nobis semper appareant, meridianæ nunquam ; rursusque hæc illis non cernantur, obstante globo terrarum. » Ce sont les propres expressions de Pline, *Hist. nat.*, l. 64.

dans la Sainte Ecriture, il inscrit à la circonférence du globe terrestre un carré idéal, dont les angles correspondent aux quatre points cardinaux (1). Nous retrouvons la même doctrine chez Scot Erigène et Remi d'Auxerre, interprètes de Marcien Capella (2), et un peu plus tard chez Adélard de Bath, Honoré d'Autun et Guillaume de Conches, qui reproche avec hauteur, à ceux qui ne la partagent pas, de se montrer plus fidèles à suivre les illusions des sens que le jugement de la raison (3).

Non-seulement la plupart des écrivains des premiers siècles du moyen âge tombent d'accord de la sphéricité de la terre ; mais ils pensent que, par delà la zone torride que traverse l'Océan, il existe une terre inconnue dont l'accès nous est interdit. Cette conception est clairement exprimée par Isidore dans les lignes suivantes : « Extra tres partes orbis, quarta pars trans Oceanum est, quæ nobis ardore solis incognita est... » Raban Maur se contente de transcrire la phrase d'Isidore, sans toutefois le citer (4). Honoré d'Autun admet dans l'hémisphère austral une seconde zone tempérée et habitable. C'est aussi, pour me borner à ces seuls exemples, l'opinion qui est exprimée par l'abbesse Herrada de Langsberg et par le poète philosophe, Bernard de Chartres (5).

Macrobe et Capella nous ont laissé de précieux détails sur l'opinion que les anciens se formaient soit de l'étendue des mers, soit

(1) *De Universo*, l. xii, c. 2 : «Formam terræ ideo Scriptura orbem vocat, eo quod respicientibus extremitatem ejus circulus semper apparet, quem circulum Græci orizonta vocant. Quatuor autem cardinibus eam formari dicit, quia quatuor cardines quatuor angulos quadrati significant, qui intra prædictum terræ circulum continentur. »

(2) Bibl. imp., anc. fonds, mss. 8674, 8675, 8786 et 7596 A; fonds de Saint-Germain, 1110. Sur le commentaire inédit de Scot Erigène, voyez un article de M. Hauréau inséré dans la *Revue de l'instruction publique* du 8 et du 15 décembre 1859.

(3) « Quidam vero bestiales, plus sensui quam rationi credentes, dixerunt terram esse planam, eo quod, quocumque se moveant, tumorem ipsius non sentiant. » Passage cité par Vincent de Beauvais, *Specul. Natur.*, l. vi, c. 8, p. 375, de l'édition de Douai, 1624, in-fol. Cf. Honoré d'Autun, *De imagine mundi*, c. 5 : « Terræ forma est rotunda, unde et orbis est dicta. »

(4) Isidore, *Etymol.*, l. xiv, c. 5; Raban, *de Universo*, l. xii, c. 4.

(5) Santarem, *Essai*, etc., t. Ier. p. 69 et suiv.

du nombre des continents. Selon eux, les deux hémisphères que
l'Océan sépare l'un de l'autre sont en outre coupés à deux reprises
par les eaux, de manière que la surface de la terre se trouve partagée en quatre continents, deux dans l'hémisphère boréal et deux
dans l'hémisphère austral. Quelle que soit l'origine de ce singulier
système, et qu'il faille ou non en attribuer l'invention, comme l'a
supposé M. Letronne, aux interprètes d'Homère, jaloux d'expliquer
le cours et les sources du fleuve Océan (1), nous le retrouvons chez
Guillaume de Conches (2) et chez un écrivain du commencement du
treizième siècle, Geoffroy de Saint-Victor, qui s'exprime ainsi (3) :
« Les philosophes établissent, par des raisons très-plausibles, l'existence, en quatre points du monde, de quatre portions de terre ferme,
non-seulement habitables, mais habitées. En effet, selon les philosophes, la terre est partagée, ainsi que le ciel, en cinq zones ; celles
qui touchent aux pôles ne peuvent pas être habitées, en raison du
froid excessif qui résulte de l'absence continuelle du soleil ; la troi-

(1) Dans une lettre à M. de Humbold, sur la position du paradis terrestre, *Examen critique de la géographie du nouveau continent*, t. III,
p. 127.

(2) *Philosophia minor*, l. IV, c. 3. Cet ouvrage de Guillaume, comme
nous l'avons montré ailleurs, est le même qui figure au tome II des œuvres de Bède sous le titre de *De elementis philosophiæ*, et parmi les œuvres d'Honoré d'Autun, sous celui de *Philosophia mundi*.

(3) *Microcosmus*, Bibl. imp., fonds de Saint-Victor, n° 738, f° 18 verso :
« Naturalis philosophus probabili valde ratione in quatuor locis mundi
quatuor (partes) aridas asserit apparuisse, et singulas non solum habita-
biles, sed et habitatas esse. Docet enim quinque terræ esse vel cœli zonas,
quarum duas extremas frigoris intemperie, propter perpetuam solis ab-
sentiam, probabiliter asserit inhabitabiles ; medium vero caloris intemperie, propter perpetuam solis præsentiam, inhabitabilem ; porro duas,
inter mediam et extremas, constitutas, frigoris et caloris temperie habi-
tabiles et habitatas propter solis ad eas accessum et recessum tempera-
tum. In singulis enim duas apparuisse aridas astruunt, in superiori scilicet hemispherio duas, et in inferiori duas, magno Oceano utramque
zonam bis dividente, et sic quatuor aridas faciente, ita ut duæ quæ in ea-
dem zona sunt, altera in inferiori, altera in superiori hemispherio, indi-
recte quidem, sibi contra positæ sint : quarum et habitatores anthetos,
id est contra positos vocant. Quæ vero in diversis zonis sunt, altera sur-
sum, altera deorsum, quæ per medium terræ conum se respiciunt, di-
recta sibi contra positione opponuntur ; unde et earum habitatores antipodes vocant, quasi pedes contra pedes positos habentes. »

sième, qui occupe le milieu, ne peut pas l'être davantage, en raison de l'excessive chaleur produite par la perpétuelle présence de cet astre; les deux zones qui sont situées entre la zone torride et les zones glaciales, étant maintenues dans une température moyenne, peuvent être habitées et le sont effectivement. Comme le grand Océan divise deux fois chaque zone tempérée, elle est partagée en deux continents, ce qui, pour les deux zones, donne quatre continents, deux dans l'hémisphère supérieur et deux dans l'hémisphère inférieur. Les deux continents qui ont la même longitude dans un hémisphère différent, se font face, non pas, il est vrai, directement, et leurs habitants s'appellent anthètes, c'est-à-dire placés les uns en face les autres; les deux continents qui ont une longitude différente, celui-ci dans l'hémisphère du nord et celui-là dans l'hémisphère du midi, se trouvent aux deux extrémités d'une ligne qui passe par le centre de la terre ; aussi leurs habitants sont-ils appelés antipodes. »

Cependant ces doctrines n'avaient pas été accueillies sans défiance par les Pères de l'Eglise qui les jugeaient peu compatibles, soit avec le texte de la Bible, soit avec la tradition chrétienne. Quand on s'en tient à la lettre des Saintes Ecritures, la première idée qu'elles suggèrent n'est pas celle de la sphéricité de la terre; bien loin de là, c'est l'idée que la terre est plate, qu'elle est entourée de tous côtés par la mer, et que le ciel forme au-dessus d'elle une voûte solide qui s'appuie aux extrémités de sa surface et qui soutient elle-même la couche des eaux supérieures. Que les passages de la Bible qui renferment les éléments de cette cosmographie idéale se prêtent à des interprétations de plus d'une sorte, un certain nombre de Pères l'ont pensé; mais pris dans leur sens littéral, ces passages fournissaient des objections spécieuses, du moins pour les chrétiens, contre les doctrines qui avaient régné chez les anciens et avec lesquelles il ne paraissait pas facile de les concilier. L'hypothèse des antipodes donnait lieu, en outre, à des difficultés spéciales, qui touchaient au fond même de la tradition ecclésiastique. En effet, s'il existe, au delà des mers, des êtres ayant une nature semblable à la nôtre, mais séparés de nous par d'infranchissables barrières, que devient l'unité du genre humain ? Ces peuples étrangers à notre hémisphère, sont-ils la postérité d'Adam? S'ils font partie de la grande famille humaine, et si cependant l'Evangile ne doit jamais être porté aux contrées qu'ils habitent, Jésus-Christ n'est donc pas mort pour eux? Ces doutes non résolus avaient conduit Lactance et saint Augustin à rejeter l'existence des antipodes, comme une fiction aussi contraire à la foi qu'à la droite raison; car, disait Lactance (1), comment supposer que des hommes puissent vivre la tête en bas et les pieds en haut? Aux doctrines de l'antiquité s'étaient substituées peu à peu, chez quelques Pères, des conceptions toutes différentes, dont la *Topographie chrétienne* de Cosmas offre la plus complète expression (2). Suivant Cosmas, moine égyptien de la fin du cinquième siècle, le tabernacle élevé dans le désert par Moïse, est l'image fidèle de l'univers. Comme ce tabernacle, la terre que nous foulons a la forme d'un parallélogramme et sa surface est plane; au delà de l'Océan qui l'entoure, il existe une autre terre où nul homme n'a pénétré depuis le déluge, fermée qu'elle est par des murailles qui soutiennent le firmament, pareil à la voûte d'un temple. La terre habitée s'élève du midi au nord; là elle se termine par une haute montagne, derrière laquelle le soleil et les astres se cachent, lorsqu'ils disparaissent de l'horizon. M. Letronne a démontré que cette cosmographie, qui se donne pour le plus pur reflet des traditions bibliques, était formée d'éléments empruntés à la philosophie et à la poésie primitives de la Grèce (3). Ainsi par un scrupule de conscience exagéré et irréfléchi, la géographie, détournée de sa voie véritable, se voyait ramenée aux hypothèses où les anciens s'étaient souvent perdus, avant de découvrir la sphéricité de la terre.

(1) *Instit. div.*, III, 24 : « Quid? Illi qui esse contrarios vestigiis nostris antipodas putant, num aliquid loquuntur? Aut est quisquam tam ineptus, qui credat esse homines, quorum vestigia sint superiora quam capita? » Voyez aussi S. Augustin, *de Civitate Dei*, XVI, 9.

(2) Publ. par Montfaucon, *Collectio nova Patrum et scriptorum Græcorum*, Parisiis, 1706, in-fol., t. II, p. 115 et suiv.

(3) Voyez, dans la *Revue des Deux Mondes*, en mars 1834, p. 601 et suiv., le savant article de M. Letronne : *Des Opinions cosmographiques des Pères de l'Église, rapprochées des doctrines philosophiques de la Grèce.*

Entre les traditions du paganisme et un système qui revendiquait
en sa faveur la sainte Ecriture, le choix ne pouvait pas être dou-
teux pour les premiers scolastiques, à la condition toutefois que le
nouveau système se produisît sous des formes arrêtées qui en faci-
literaient l'intelligence. Mais ceux des saints Pères qui paraissent le
moins favorables à l'antiquité, se sont bornés à jeter çà et là, surtout dans leurs commentaires sur les livres saints, tantôt des objections, tantôt de rapides aperçus qu'il n'est pas facile de recueillir
et qui ne présentent pas un corps régulier de doctrines. Quant à
Cosmas, qui est le seul dont les opinions soient bien définies, son
livre n'a jamais été traduit en latin; nous ne le trouvons cité nulle
part, et par conséquent, l'influence qu'il a exercée, si toutefois il a
circulé en Occident, n'a pu être que très-faible. Ainsi, ne soyons
pas surpris si les scolastiques, dès l'aurore du moyen âge, n'ont
pas su se défendre contre le prestige des exemples de l'antiquité,
et si la plupart ont admis la sphéricité de la terre, sur le témoignage de Pline et de Macrobe, bien qu'elle ne fût pas écrite dans la
Bible. M. Letronne paraît croire que, sous l'influence de la Bible et
des Pères, cette notion s'était perdue au moyen âge (1), et qu'elle
n'a reparu qu'à l'époque de la renaissance des lettres antiques; c'est
là une thèse difficile à défendre en présence des passages d'Isidore,
de Bède, de Guillaume de Conches, etc., que nous avons cités plus
haut. Mais ce qu'il faut reconnaître en même temps, c'est que les
scolastiques ont modifié les traditions païennes, en géographie
comme en toute chose, afin de les adapter à la tradition ecclésiastique.

Malgré le goût du merveilleux dont les esprits étaient alors pos-
sédés et qui les a entraînés si loin dans le pays des chimères, il y
a un prodige qui fait reculer leur crédulité, disons mieux, leur
piété, c'est que la race humaine ait peuplé d'autres contrées que
les trois parties du monde connu des anciens, l'Europe, l'Asie et
l'Afrique. Isidore n'hésite pas à rejeter cette tradition comme une
fable. Au huitième siècle, elle fut condamnée par le pape Zacharie,
en la personne du prêtre Virgile, depuis évêque de Salzbourg, qui

---

(1) *Des opinions cosmographiques des Pères*, p. 632.

paraît, au reste, l'avoir présentée sous sa forme la plus paradoxale.
Raban Maur en porte le même jugement qu'Isidore et dans les
mêmes termes. Au dixième siècle, un interprète de Boëce se dé-
fend d'y croire, et déclare qu'elle est contraire à la foi : « Absit, dit-il,
ut nos quisquam antipodum fabulas recipere arbitretur, quæ sunt fidei
christianæ omnino contrariæ (1). » Guillaume de Conches, qui se si-
gnala plus d'une fois par des opinions hardies, se range en cette
occasion au sentiment général, et incline à penser que, s'il existe deux
zones habitables, une seule est habitée, et qu'au surplus, eussions-
nous des antipodes, nous ne pourrions en acquérir la certitude,
faute de pouvoir communiquer avec eux (2). Cette hésitation sur une
matière où il était si facile aux esprits de donner un libre cours à
leur fantaisie, ne saurait être imputée qu'à l'influence des Pères, et
aux répugnances manifestes de l'Eglise pour la doctrine des antipodes.

Un autre point où la traces des mêmes influences est manifeste
chez les scolastiques, c'est leur opinion sur la situation du Paradis.
La plupart s'accordent à le placer aux extrémités de l'Orient. Le
fond de l'Orient, même pour les écrivains du paganisme, était la
terre des prodiges. Là, les lois de la nature paraissaient suspen-
dues ; là, tout prenait un aspect extraordinaire, la configuration du
sol, ses productions, les animaux qui le peuplaient, et jusqu'aux
périls qui menaçaient le mortel assez téméraire pour s'aventurer
dans ces régions étranges. En plaçant sous ce climat privilégié le
premier séjour de l'homme, les scolastiques conciliaient aussi bien
que possible les traditions de l'antiquité et celles de l'Eglise. Suivant la croyance commune, le Paradis était, depuis l'exil d'Adam,
inaccessible à sa postérité. Des murailles de feu le séparaient de
l'habitation des humains ; des anges en défendaient l'entrée, et la
légende racontait qu'aucun de ceux qui s'en étaient approchés
n'avait pu y pénétrer. Les merveilles de l'Inde, racontées par Pline
et Solin, n'étaient-elles pas les signes avant-coureurs des prodiges

(1) *Classicorum auctorum e Vaticanis codicibus*, t. III, Romæ, 1831,
in-8°, p. 333.
(2) *Philosophia minor*, l. IV, c. 3 : « Nullus tamen nostrûm ad illos,
neque illorum ad nos pervenire potest. »

encore plus mystérieux de la région sainte fermée aux regards des mortels? Ne semblaient-elles pas avertir qu'on avançait vers la limite infranchissable où s'arrêtait le domaine de l'homme, où commençait le domaine de Dieu? De même que les connaissances que nous acquérons par la lumière naturelle sont la préface des vérités divines que la foi seule peut atteindre, ainsi les contrées de l'Orient, objet de tant récits chez les anciens, formaient pour ainsi dire, dans la géographie des premiers siècles du moyen âge, le vestibule de la région sacrée où s'était écoulé l'âge d'innocence de la vie de l'humanité.

Mais dans ce mélange d'idées profanes et chrétiennes, entre lesquelles flottaient les esprits, que devenait l'antique conjecture d'une communication de l'Europe et de l'Asie à travers l'Atlantique? Sans doute la certitude, de jour en jour plus répandue, de la sphéricité de la terre semblait la favoriser ; mais elle ne se conciliait pas avec l'hypothèse des quatre continents admis par Macrobe et Capella, ni surtout avec les opinions qui régnaient sur la situation du Paradis. S'il était vrai que le Paradis occupât les extrémités de l'Orient, ce n'était pas seulement l'étendue des mers qui séparait l'Espagne et l'Inde ; c'était en outre la contrée mystérieuse que Dieu s'était en quelque sorte réservée à lui-même. Vainement un navigateur intrépide aurait dirigé son vaisseau vers les bords où se couche le soleil; au lieu d'un rivage hospitalier, il n'aurait rencontré qu'une terre inaccessible aux pilotes. Aussi ne trouve-t-on dans les premiers siècles du moyen âge aucune trace des conceptions géographiques qui ont donné l'éveil au génie de Christophe Colomb. Les écrivains de cet âge qui ne connaissaient pas les grands ouvrages d'Aristote possédaient du moins les *Questions naturelles* de Sénèque, et ils pouvaient y lire cette phrase remarquable : « Quelle est la distance qui sépare les rivages les plus reculés de l'Espagne et la côte de l'Inde? La traversée peut se faire en quelques jours, lorsqu'un bon vent enfle la voile? » Mais l'expérience nous apprend que les indications les plus curieuses échappent souvent à nos regards distraits, comme tant de phénomènes de la nature que nous ne remarquons pas, bien qu'ils se reproduisent tous les jours. Sénèque, au reste, ne s'était-il pas lui-même contredit dans ce passage de ses *Déclamations* : « Supposer qu'il existe au sein de l'Océan des terres fertiles, et par delà l'Océan d'autres rivages et un autre monde; supposer que la nature n'a pas de bornes, que lorsqu'elle semble toucher à son terme elle a encore de nouvelles perspectives à nous offrir, ce sont là des rêves faciles à former parce que l'Océan n'est pas navigable. » Mais ni ces contradictions apparentes, ni les textes qui les renferment n'avaient dans l'origine frappé aucun de ceux qui lisaient les ouvrages du célèbre philosophe. On ne donnait pas plus d'attention à l'opinion de Posidonius, rapportée par Pline et Solin, que l'Inde est située en face la Gaule, «adversam Galliæ (1).» Toutes ces idées n'ont commencé à se répandre en Europe qu'à une époque plus avancée du moyen âge, et par quelle voie? Nous pensons et nous croyons pouvoir démontrer que c'est par la voie d'Aristote, par l'influence de ses livres et par celle des nombreux interprètes arabes et latins qui les ont commentés.

Aristote enseigne, au livre de ses *Problèmes* (2), qu'il n'existe au couchant ni montagnes ni terre, mais seulement la mer Atlantique. Ces expressions ne doivent pas être entendues à la lettre, puisque dans ce cas elles signifieraient que l'Atlantique n'a pas de bornes; elles ne peuvent désigner que la vaste étendue occupée par la mer, ce qui n'empêche pas qu'à une distance plus ou moins éloignée; les flots de l'Océan ne baignent un rivage opposé à celui de l'Europe. A quelle distance est placé ce rivage? Voilà le problème. Dans le passage célèbre qui termine le second livre du traité *du Ciel et du Monde*, Aristote ne paraît pas éloigné d'admettre que cette distance n'est pas considérable, et même que les deux extrémités de l'Orient et de l'Occident se rejoignent :

« Ceux qui pensent, dit-il, que la région vers les Colonnes d'Hercule confine aux pays de l'Inde, de sorte que les deux rivages soient baignés par la même mer, ne semblent pas émettre une opinion trop incroyable. Entre autres preuves, ils citent les éléphants qui se

(1) Sénèque, *Quæst nat.*, præf.; *Suasor.* 1; Pline, *Hist. nat.*, l. vi, c. 21; Solin, *Polyhistor.* c. 53.

(2) *Probl.* xxvi, 52 : Πρὸς ἑσπέραν δὲ οὔτε ὄρη οὔτε γῆ ἐστιν, ἀλλὰ τὸ Ἀτλαντικὸν πέλαγος.

trouvent dans les deux régions; ce qui tient, disent-ils, à ce que les extrémités de la terre sont contiguës (1). »

La même idée, un peu affaiblie, reparaît au livre des *Météores*, où elle est combattue:

« Les pays qui sont au delà de l'Inde et des Colonnes d'Hercule ne semblent point, à cause de la mer, se réunir ensemble, de telle sorte que la terre habitée présente une surface continue (2). »

L'opinion à laquelle Aristote vient de faire allusion à deux reprises différentes compta de graves autorités en sa faveur parmi les géographes anciens; car nous apprenons, par le témoignage de Strabon, que, selon Eratosthène, la zone tempérée, revenant sur elle-même, forme pour ainsi dire un cercle ; « de sorte que, si l'étendue de la mer Atlantique n'était pas un obstacle, nous pourrions nous rendre par mer de l'Ibérie dans l'Inde, en suivant toujours le même parallèle (3). » La pensée est la même que chez Sénèque, dans le passage des *Questions naturelles* cité plus haut. Mais le point que nous tenons surtout à établir, parce qu'il est le seul qui touche à l'objet de nos recherches, c'est que, dès l'antiquité, les interprètes d'Aristote n'avaient pas laissé échapper une vue aussi importante. Si nous la cherchons en vain dans ceux des ouvrages d'Alexandre d'Aphrodise qui nous sont parvenus, elle reparaît dans Thémistius (4), et nous voyons Simplicius

(1) *De Cœlo*, II, 14: Οὐ μόνον ἐκ τούτων δῆλον περιφερὲς ὂν τὸ σχῆμα τῆς γῆς, ἀλλὰ καὶ σφαίρας οὐ μεγάλης..... Διὸ τοὺς ὑπολαμβάνοντας συνάπτειν τὸν περὶ τὰς Ἡρακλείους στήλας τόπον τῷ περὶ τὴν Ἰνδικήν, καὶ τούτων τὸν τρόπον εἶναι τὴν θάλατταν μίαν, μὴ λίαν ὑπολαμβάνειν ἄπιστα δοκεῖν. Λέγουσι δὲ τεκμαιρόμενοι καὶ τοῖς ἐλέφασιν, ὅτι περὶ ἀμφοτέρους τοὺς τόπους τοὺς ἐσχάτους ὄντας, τὸ γένος αὐτῶν ἐστιν, ὡς τῶν ἐσχάτων διὰ τὸ συνάπτειν ἀλλήλοις τοῦτο πεπονθέναι. M Letronne, *Journal des savants*, année 1831, p. 478, ajoute la particule οὐκ après τρόπον, et lit καὶ τούτων τὸν τρόπον οὐκ εἶναι τὴν θάλατταν μίαν. Mais cette conjecture n'est confirmée par aucun manuscrit ni par aucun commentaire; j'ajoute qu'elle n'est pas nécessaire pour l'intelligence du texte qui s'entend très-bien en supposant que la même mer baigne à la fois les bords de l'Inde et ceux de l'Espagne.

(2) *Meteor.*, II, 5.

(3) Strabon, *Geograph.*, I, 4 ; ὥστ', εἰ μὴ τὸ μέγεθος τοῦ Ἀτλαντικοῦ πελάγους ἐκώλυε, κἂν πλεῖν ἡμᾶς ἐκ τῆς Ἰβηρίας εἰς τὴν Ἰνδικὴν διὰ τοῦ αὐτοῦ παραλλήλου.

(4) *Themistii Peripatetici lucidissimi paraphrasis in libros quatuor Aristotelis de Cœlo nunc primum in lucem edita, Moyse Alatino Hebræo, Spoletino medico ac philosopho, interprete*, Venetiis, 1573, in-fol. p. 39.

s'y arrêter avec complaisance. Voici, en effet, comment il s'exprime dans son commentaire sur le traité *du Ciel et du Monde* (1) :

« Si la terre n'est pas vaste, il ne faut pas repousser comme déraisonnable l'opinion de ceux qui pensent que l'extrémité des terres connues à l'Occident, c'est-à-dire les Colonnes d'Hercule, près du détroit de Gadès, et l'extrémité des terres connues à l'Orient, c'est-à-dire les côtes baignées par l'océan Indien, sont assez rapprochées. Ce qui paraît le démontrer, c'est l'existence des éléphants dans ces différentes contrées. »

Ce passage prouve que l'idée de la proximité de l'Europe et de l'Asie subsista chez les péripatéticiens de l'antiquité jusqu'aux derniers jours de la philosophie grecque. Sans être sur le premier plan, elle faisait partie de cet ensemble de doctrines d'inégale valeur qui, après la chute de la vieille société, bannies des lieux où elles avaient été d'abord enseignées, se répandirent dans tout l'Orient, y portèrent des fruits inespérés, et un peu plus tard reparurent en Europe et servirent de modèle aux nations chrétiennes.

Quand le péripapétisme pénétra chez les Arabes, il y porta cette tradition, qui fut d'abord rattachée, par ceux qui la recueillirent, à sa véritable source, comme on peut s'en convaincre par cette phrase du géographe Massoudi : « Ce qui prouve, dit l'auteur de la logique, que la terre est petite, c'est l'opinion professée par quelques personnes, que le lieu, appelé du nom des Colonnes d'Hercule, touche aux limites de l'Inde, et que la mer qui les sépare est une seule mer (2). » Cependant Massoudi ne semble pas avoir partagé l'opinion qu'il mentionne ici, et elle ne fut pas non plus adoptée par les autres géographes de sa nation : je n'en découvre du moins aucune trace chez ceux dont M. Reinaud nous fait connaître les noms, les ouvrages et les doctrines dans sa belle introduction à la *Géographie* d'Abulféda. Vainement on opposerait que, suivant Edrisi, la mer des Indes communique avec l'Atlantique; Edrisi ne déclare-t-il pas que par delà l'Atlantique nul ne sait ce qui existe,

(1) *Simplicii philosophi acutissimi commentaria in quatuor libros de Cœlo Aristotelis*, Venetiis, 1548, in-fol., p. 83.

(2) Passage cité par M. Santarem, *Recherches sur la découverte des pays situés sur la côte occidentale d'Afrique*, etc , Paris, 1842, in-8°, p. 22.

et ne l'appelle-t-il pas la mer des ténèbres? « Personne, dit-il (1), n'a
pu en apprendre rien de certain, à cause des difficultésqui s'opposent
à la navigation, la profondeur de l'obscurité, la hauteur des vagues,
la fréquence des tempêtes, le grand nombre des animaux mons-
trueux et la violence des vents. Aucun navigateur ne se hasarde pas
à gagner la haute mer; on vogue le long des côtes sans perdre de
vue les rivages. » Mais tandis que les géographes se faisaient l'écho
de l'épouvante que l'Océan inspirait aux marins, la conjecture exprimée par Aristote sur son peu d'étendue se conservait chez les
interprètes arabes du Stagyrite, et en particulier chez le plus célèbre
de tous, chez Averroës, qui s'exprime en ces termes dans son commentaire sur les livres *du Ciel et du Monde* :

« Aristote donne la preuve suivante de la petitesse de la terre :
c'est que l'horizon des lieux où les statues d'Hercule sont placées,
c'est-à-dire l'extrémité occidentale de la terre habitée, est proche
de son extrémité orientale, et qu'entre les deux régions il existe
une seule mer continue. Ces statues attribuées à Hercule étaient
élevées le long des côtes de la mer, du nord au midi; l'une se trouvait à l'extrémité occidentale de la côte d'Espagne; je l'ai vue de
mes yeux; plus tard, elle a été détruite par des pirates, vers
l'année 430 de l'ère de Mahomet. Après avoir rappelé que ces statues marquent le point extrême de l'Occident, et que l'Occident est
séparé de l'Orient par la mer, Aristote ajoute que les deux contrées
sont peu éloignées; et ce qui le démontre, suivant lui, c'est qu'elles
produisent l'une et l'autre des éléphants. En effet, les animaux qu'on
ne rencontre pas dans tous les pays, mais dans un seul, sont particu-
liers à ce pays, par la raison que c'est là le climat approprié à leur
nature. Dès lors les régions qui les produisent ne sauraient être à une
distance bien éloignée; car l'éloignement suppose en général la dis-
semblance. Cette remarque est évidente lorsque l'éloignement se
produit dans le sens de la latitude ; elle se vérifie aussi quand il a
lieu dans le sens de la longitude. »

Dans la traduction du Commentaire d'Averroës, qui fait partie de
l'édition des œuvres d'Aristote, donnée par les Juntes (2), ce passage

(1) *Géographie d'Edrisi*, trad. par M. Jaubert, t. II, p. 2.
(2) Venetiis, 1550, in-fol., t. V, p. 80 : « Et unum istorum idolorum

offre une singularité curieuse : il y est dit que la statue d'Hercule qui se trouvait à l'extrémité de l'Espagne s'appelait la statue de l'Inde, *quod dicebatur idolum Indiæ*. Cette leçon est confirmée par le manuscrit 924 du fonds de Sorbonne de la Bibliothèque impériale ; dans d'autres manuscrits je ne l'ai pas rencontrée, et le savant M. Munck, qui a bien voulu vérifier pour moi la version hébraïque du Commentaire moyen d'Averroës, n'y a pas retrouvé non plus ces expressions remarquables. Mais il nous suffit qu'elles aient figuré dans certaines copies, pour être autorisé à soutenir que les doctrines, si l'on veut, les erreurs géographiques recueillies par le péripatétisme arabe tendaient à représenter l'Océan comme la voie qui conduisait dans l'Inde. On raconte que dans l'île de Corvo, l'une des Açores, les Portugais découvrirent une statue équestre qui avait le bras étendu vers l'occident. M. de Humbold a expliqué très-ingénieusement cette tradition par une singularité de la configuration topographique de l'île de Corvo (1), dont un promontoire, situé au N.-O., a la forme d'une personne levant le bras dans la même direction : peut-être le fait n'est-il pas sans quelque rapport avec celui dont nous venons de trouver la trace dans l'écrivain arabe.

Malgré la mauvaise philosophie dont les ouvrages d'Averroës sont remplis, et contre laquelle les écrivains ecclésiastiques, saint Thomas à leur tête, ont réclamé si vivement, chacun sait quelle vogue ses commentaires ont eue au moyen âge dans les Universités chrétiennes. Averroës était pour les scolastiques le premier des interprètes, et sur tous les points où le dogme religieux n'était pas directement intéressé il égalait presque l'autorité d'Aristote. Comment supposer qu'une idée qu'il avait recueillie et continuée pût périr avec lui ? Son seul témoignage suffisait pour la préserver de l'oubli. Et, en effet, la tradition de la proximité de l'Europe et des Indes se conserve après lui ; nous la retrouvons chez les écrivains du treizième siècle, les plus familiers avec le péripatétisme et la philo-

---

erat in ultimo occidentis Hispaniæ, quod dicebatur idolum Indiæ ; et ego vidi ipsum elevatum. » Le manuscrit 6504 de l'ancien fonds, fol. 198, et le manuscrit 171 du fonds de Saint-Victor. portent : *idolum Gadis* au lieu de *idolum Indiæ*.

(1) *Examen critique*, t. II, p. 325 et suiv.

sophie musulmane, je veux dire Albert le Grand, saint Thomas et Roger Bacon.

A la faveur des sources nouvelles que le zèle des traducteurs avait ouvertes en Occident à l'érudition, une sève plus abondante commençait à circuler dans les écoles de la chrétienté et vivifiait la géographie comme les autres branches des connaissances humaines. Une partie des erreurs anciennes tendait à disparaître; les vérités déjà connues se confirmaient. L'autorité de la Bible n'était pas moins respectée qu'autrefois, et on l'élevait bien au-dessus de tous les jugements des philosophes; mais les docteurs les plus accrédités dans l'École reconnaissaient que l'écrivain sacré a souvent accommodé son langage à l'inexpérience des esprits vulgaires auxquels il s'adressait; que les expressions dont il se sert sont susceptibles de plusieurs sens, et que toute interprétation qui contredit des faits certains doit être écartée (1). Le système de Cosmas, fondé sur l'exégèse la plus littérale, n'avait jamais été, comme nous l'avons dit, bien répandu; mais il perdait encore du terrain, et l'idée de la sphéricité de la terre en gagnait. Je n'en veux citer d'autre preuve que l'exemple d'Albert le Grand et celui de saint Thomas, qui a résumé dans sa *Somme* les arguments à l'appui de cette vérité (2). Qu'importe que des contemporains, comme Gervais de Tilbury, aient encore admis que

(1) Voyez en particulier S. Thomas, *Summa theol.*, II, 1. q. 68, art. 1, *In mag. Sentent.*, II, dist. 14, q. 1. « Nihil auctoritati Scripturæ derogatur, si diversimode exponatur, dummodo hoc firmiter teneatur, quod Sacra Scriptura nihil falsum contineat. Constat tamen in Scriptura Sacra multa metaphorice tradita esse, quæ secundum planam superficiem litteræ intelligi non valent. » Cf. 1. S. q. 68, art. 1 : « Duo sunt observanda : primo quidem, ut veritas Scripturæ inconcusse teneatur; secundo, quum Scriptura divina multipliciter exponi possit, quod nulli expositioni aliquis ita præcise adhæreat, ut si certa ratione constiterit hoc esse falsum, quod aliquis sensum Scripturæ esse credebat, id nihilominus asserere præsumat. »

(2) I, 2, S. q. 54, art. 2 : « Terram esse rotundam per aliud medium demonstrat naturalis et per aliud astrologus. Astrologus enim hoc demonstrat per media mathematica, sicut per figuras eclipsium vel per aliud hujusmodi; naturalis vero hoc demonstrat per medium naturale, sicut per motum gravium ad medium, vel per aliud hujusmodi. » Voyez aussi Vincent de Beauvais, *Specul. nat.*, l. VI, c. 8; Albert le Grand, *De Cœlo et Mundo*, l. II, tract. IV, c. 9 et suiv.

la terre était de forme carrée (1) ? Qu'importe que la même conception reparaisse dans un certain nombre de cartes du treizième et du quatorzième siècle ? Ces vieilles chimères ne prévalaient pas, et si elles s'étaient répandues, l'autorité du Docteur angélique aurait suffi pour les faire abandonner. Le débat continuait sur les terres australes et des antipodes, et sans admettre l'existence de ces derniers, on s'accordait en général à reconnaître une seconde zone tempérée. L'hypothèse de plusieurs continents opposés, que nous avons signalée dans le douzième siècle, n'avait pas encore disparu des livres de géographie, et on en trouve encore de nombreux vestiges après Geoffroy Saint-Victor. Enfin les contrées même lointaines de l'Asie, que les Arabes avaient souvent parcourues, allaient être bientôt visitées par les chrétiens, soit par des marchands que la passion du négoce ou l'esprit d'aventure entraînait, comme Marco Polo, soit par des missionnaires, comme Fr. Rubruquis, que les papes envoyaient prêcher l'Evangile aux nations infidèles. Malgré les fables dont elles sont semées, les relations de ces intrépides voyageurs devaient contribuer à étendre les connaissances positives et détourner insensiblement les philosophes de donner pour limites au monde, du côté de l'Orient, les inaccessibles régions du Paradis.

Ces progrès, les seuls qui fussent possibles avant les découvertes des navigateurs modernes, n'étaient pas encore, à beaucoup près, tous accomplis, mais ils se préparaient, lorsque Albert entreprit de commenter les livres d'Aristote, et en particulier le traité *du Ciel et du monde*. Arrivé au passage qui nous occupe, le célèbre docteur expose en ces termes l'opinion de ceux qui soupçonnent, que des côtes occidentales de l'Europe aux bords opposés, la distance n'est pas aussi grande qu'on le croit vulgairement :

« Dicunt quod locus qui in Hispaniis vocatur Gades sive statua Herculis, eo quod Hercules usque huc pugnando venit et idolum sui triumphi erexit, quod super mare Oceanum ex parte Occidentis est, secundum eamdem mensuram climatis continet ex parte Orientis primum terminum ejusdem climatis in termino orientali, in terra Indiæ quæ est sub Cancro; inter enim orizontem habitantium in climate illo juxta Gades Herculis, et orizontem habitantium in India,

(1) Santarem, *Essai*, t. Iᵉʳ, p. 107 et suiv.

non est in medio, ut dicunt, nisi quoddam mare parvum ; sed mare Oceanum meta est climatis illius ex occidentali parte. Cum ergo parum distet orizon Occidentalium ab orizonte Orientalium, longitudo semicirculi terræ quæ est mensura longitudinis illius climatis, non est magna, et sermo eorum qui hoc dicunt non est negandus ; quod hæc enim duo loca sunt vicinitatis unius ad æquinoctialem, per totam semicirculi terræ longitudinem, demonstrat natura elephantum qui nascuntur in ea, tam in orientali parte ejus quam in occidentali ex utraque parte maris quod dividit orizontem eorum ; eo quod unius climatis unus est modus caloris et siccitatis (1)..... »

Vers le temps où Albert, cette lumière de l'ordre de Saint-Dominique, écrivait les lignes que nous venons de rapporter, un autre frère prêcheur, Guillaume de Meerbecke, traduisait en latin le commentaire Simplicius (2). Nous inclinons à penser qu'il existait aussi une version latine du commentaire de Themistius, car ce commentaire est cité par Albert le Grand (3). Lorsqu'à son tour saint Thomas écrivit son exposition des livres du Ciel et du Monde, il n'est donc pas surprenant qu'il ait reproduit l'hypothèse de la proximité du continent oriental et de l'extrémité des côtes d'Espagne et d'Afrique. Suivant sa coutume, saint Thomas est plus court que son maître Albert, et se tient plus près du texte d'Aristote, qu'il se borne à paraphraser.

« Et ideo non videntur valde incredibilia opinari qui volunt coaptare, secundum similitudinem et propinquitatem, locum in extremo Occidentis situm, qui dicitur esse circa Herculeas columnas, quas scilicet Hercules statuit in signum suæ victoriæ, loco qui est circa mare Indicum in extremo Orientis ; et dicunt esse unum mare Oceanum quod continuat utraque loca ; et similitudinem utrorumque locorum conjiciunt ex elephantibus, qui circa utrumque locum oriuntur, non autem in mediis regionibus : quod quidem est signum convenientiæ et similitudinis locorum, non autem propinquitatis... »

Dans son commentaire sur les Météores, saint Thomas, sans re-

---

(1) De Cœlo et Mundo, l. II, tract. IV, c. 11, opp., t. II, p. 146. J'ai corrigé d'après les manuscrits plusieurs fautes du texte imprimé.

(2) Jourdain, Recherches sur l'âge et l'origine des traductions latines d'Aristote, 2ᵉ édit., p. 68 ; Hist. litt. de la France, t. XXI, p. 148.

(3) De Cœlo et Mundo, l. II, tract. IV, c. 9, p. 144.

venir sur la même idée, indique seulement que l'océan Atlantique a deux rivages opposés, l'un aux Colonnes d'Hercule, l'autre à l'extrémité orientale de l'Asie :

« Quod est circa terminum Indicum, ex parte Orientis, et quod est circa columnas Herculis, ex parte Occidentis, non videntur posse copulari ad invicem, ut sit reditus ex alia parte, et sic tota ista portio terræ sit habitabilis continue, quia impeditur accessus propter mare... »

Nous ne faisons pas difficulté de le reconnaître, les passages que nous venons de citer sont de simples paraphrases du texte d'Aristote; mais qui ne sait que la paraphrase des textes anciens fut au moyen âge une partie considérable de l'enseignement? C'est sous cette forme que les idées se conservaient; c'est par cette voie que les sciences de l'antiquité nous sont parvenues. Quand une conception philosophique avait figuré dans une paraphrase, on peut affirmer qu'elle était entrée dans la circulation de l'École ; elle devenait un objet de controverse, et, si elle n'était pas tout à fait stérile, le germe qu'elle renfermait ne tardait pas à se développer.

Au reste, dans un ouvrage qui n'est plus un simple commentaire, mais qui révèle un effort très-sérieux de composition originale, dans l'*Opus Majus* de Roger Bacon, nous allons retrouver des indications toutes semblables à celles que nous ont offertes Albert le Grand et saint Thomas d'Aquin. Roger Bacon examine qu'elle est l'étendue de la terre habitable ; et, à ce propos, il fait remarquer que la mer est moins large qu'on ne le croit, entre la côte occidentale de l'Afrique et l'Inde; ce qui suppose le prolongement de l'Asie à l'Orient, et laisse par conséquent un plus grand espace pour l'habitation des hommes.

« Aristoteles vult in fine secundi *Cœli et Mundi*, quod plus habitetur quam quarta. Et Averroes hoc confirmat. Dicit Aristoteles quod mare parvum est inter finem Hispaniæ, a parte Occidentis, et inter principium Indiæ, a parte Orientis. Et Seneca libro V *Naturalium*, dicit quod mare hoc est navigabile in paucissimis diebus, si ventus sit conveniens...... Et hoc per auctoritatem alterius considerationis probatur; nam Esdras dicit IV libro, quod sex partes terræ sunt habitatæ et septima est cooperta acquis... Et propter hoc dico, quod licet habitatio nota Ptolomæo et ejus sequacibus sit coartata infra quartam unam, plus tamen est habitabile. Et Aristoteles potuit plus nosse, quia auctoritate Alexandri misit duo millia hominum ad investigandum res hujus mundi, sicut Plinius dicit VIII *Naturalium*. Et ipsemet Alexander perambulavit usque ad finem Orientis, et sicut patet ex historia Alexandri et ex epistolis quas Aristoteli conscripsit, semper mandavit ei de omnibus mirabilibus et insolitis quæ inveniebat in Oriente. Et ideo potuit Aristoteles plus certificare quam Ptolomæus. Et Seneca similiter, quia Nero imperator, discipulus ejus, similiter misit, ut exploraret dubia mundi, sicut Seneca narrat in *Naturalibus*. Et ideo secundum hæc, quantitas habitabilis magna est, et quod aqua cooperitur, modicum debet esse. Versus enim polos mundi, oportet quod aqua abundet, quia loca illa frigida sunt propter elongationem a sole; sed frigus multiplicat humores; et ideo a polo in polum decurrit aqua in corpus maris, et extenditur inter finem Hispaniæ et inter principium Indiæ non magnæ latitudinis; et vocatur Oceanus, ut principium Indiæ possit esse multum ultra mediatem æquinoctialis circuli sub terra, accedens valde ad finem Hispaniæ... Aristoteles et suus commentator dicunt ad probationem parvitatis maris inter Hispaniam et Indiam, quod elephantes sunt tantum in illis duobus locis. Verum enim est quod circa montem Atlantem abundant elephantes, ut Plinius dicit sicut et Aristoteles, et similiter in India..... Sed Aristoteles dicit quod elephantes in illis locis esse non possent, nisi essent similis complexionis; et si essent multum distantia, non haberent similem complexionem, et ideo nec elephantes essent in illis locis tantum. Quapropter concludit hæc loco esse propinquiora; et ideo oportet quod mare parvum sit inter ea (1)..... »

Ainsi s'exprime Roger Bacon dans ce passage, souvent cité par les historiens de la géographie. Un point digne de remarque, ce sont les autorités que le docteur franciscain allègue. Il cite Aristote et Averroës, subsidiairement Sénèque et Pline. Je conviens qu'il cite également Ptolémée, mais pour le combattre. Suivant lui, le géographe grec n'a pas connu, il ne pouvait pas connaître les véri-

_____

(1) *Opus Majus*, ed. Venetiis, 1750, in-4°, p. 137.

tables dimensions de la terre aussi bien que le précepteur d'Alexandre, à qui les conquêtes de son royal disciple en Orient avaient procuré de si précieuses notions, ni aussi bien que le précepteur de Néron, mettant à profit les résultats de l'expédition que ce prince, au témoignage de quelques historiens, envoya dans la mer des Indes. Ce jugement de Roger Bacon nous paraît démontrer que ce n'est pas à Ptolémée, comme le croit M. de Santarem, que le moyen âge a emprunté l'hypothèse d'une communication entre l'Europe et l'Asie par l'océan Atlantique. Cette hypothèse implique les deux notions suivantes, qui sont admises par Ptolémée : la première, que la terre est ronde; la seconde, qu'elle s'étend en longitude de l'est à l'ouest. Mais quand on est en possession de ces prémisses, il reste encore à tirer la conséquence. Or, cette conséquence, qui n'avait pas échappé à Eratosthène, n'est pas énoncée par Ptolémée, tandis qu'elle se retrouve de la manière la plus expresse chez Aristote. Voilà pourquoi, bien qu'Aristote ne l'ait pas inventée, nous la considérons comme une idée péripatéticienne. Elle a été puisée dans ses ouvrages par ses interprètes, et ce sont leurs commentaires qui l'ont fait pénétrer dans l'École. Les textes que nous avons cités ne nous paraissent laisser aucun doute sur ce fait, que les éclaircissements qui suivent achèveront, nous l'espérons, de mettre dans tout son jour.

Campano de Novarre, Jean Sacrobosco, Robert de Lincoln, Cecco d'Ascoli, dans les écrits sur la sphère qu'ils nous ont laissés, ne parlent pas de la proximité supposée de l'Europe occidentale et des rivages de l'Inde. La cosmographie qu'ils enseignaient est même contraire plutôt que favorable à cette hypothèse. Cecco d'Ascoli persiste à placer le Paradis terrestre à l'orient de l'Asie. Robert de Lincoln tient encore pour le vieux système qui partage la terre en quatre continents, séparés par deux grandes mers, dont l'une occupe l'équateur, et dont l'autre descend du pôle nord au pôle sud, en coupant la première à angles droits. On ne saurait se dissimuler que malgré d'incontestables progrès, la géographie était encore altérée sur ces différents points par d'incroyables erreurs, dont les interprètes d'Aristote eux-mêmes ne savaient pas toujours se garantir. Dans les questions sur le livre *du Ciel*, Albert de Saxe enseigne que nous sommes séparés des régions australes par des déserts coupés de hautes montagnes, qui ont la propriété d'attirer la chair humaine comme l'aimant attire le fer (1). Malgré la réputation de savoir et de ferme jugement qu'il s'est acquise par quelques opinions contraires aux préjugés de l'école, Pierre d'Abano rapporte ces fables ridicules sans les combattre ouvertement; et même il s'en sert pour expliquer que la zone torride peut être habitée, comme il essaye de le démontrer, sans que nous ayons aucune communication avec ses habitants. C'est à ce propos qu'il nous donne ce précieux renseignement, cité par les historiens des découvertes maritimes, que trente années auparavant les Génois avaient équipé deux galères, qui franchirent le détroit d'Hercule à l'extrémité de l'Espagne, mais que depuis on ne savait ce qu'elles étaient devenues (2).

Cependant voici un très-ancien traité de cosmographie, le premier peut-être qui ait été écrit en français, dans lequel l'idée de la proximité de l'Asie et de l'Afrique se trouve clairement indiquée; c'est le traité *de la Sphère* qui fut composé pour le roi Charles V, par Nicolas Oresme, grand maître du Collége de Navarre, mort évêque de Lisieux en 1382. Quelles sont les autorités que le savant prélat invoque à l'appui de l'opinion qu'il exprime? C'est Aristote et Averroës. «Selon Aristote,» dit-il au chapitre des climats, après avoir parlé de ces statues élevées par Hercule, que nous avons déjà rencontrées, « selon Aristote et Averroës, en la fin du second livre de *Cœlo et Mundo*, la fin de terre habitable vers Orient, et la fin de terre habitable vers Occident, sont bien près l'une de l'autre, et n'y a entre deux que une mer qui n'est pas moult large. Et pour ce, en alant de l'une fin à l'autre, par terre habitable, y a plus d'espace grandement que n'est la moitié du circuit de la terre. Et doncques si les climats se traient en la fin d'Occident, si comme mettent les

---

(1) *Alberti de Saxonia quœstiones de Cœlo et Mundo*, l. II, q. 26 : « Auctoritate quorumdam, versus æquinoctialem sunt quidam montes, qu habent naturam attrahendi carnem humanam, sic ut magnes attrahit ferrum; et hæc est causa quare nullus transit. »

(2) Voyez le curieux ouvrage de Pierre d'Abano, *Conciliator controversiarum quœ inter philosophos et medicos versantur*, Venetiis, 1565, diff. 67.

aucteurs, et ils ne treuvent en long que la moitié du circuit de la
terre, il s'en suit, selon Averroës, que ces climatz ne se estendent
pas jusques à la fin d'Orient et qu'il y a grans habitacions oultre, hors
des climatz par devers Orient, où il convient que les climatz ou au-
cuns d'iceulx soient plus longs que les astrologiens ne mettent (1)... »
Il est essentiel d'observer que Nicolas Oresme est un des interprètes
d'Aristote les plus accrédités du quatorzième siècle, et que, parmi
les ouvrages qu'il a traduits en français pour le service du roi de
France, figure le traité *du Ciel et du Monde*. Les livres du Stagyrite
avaient donc contribué, si j'ose ainsi m'exprimer, à son éducation
géographique, comme au reste il semble lui-même le reconnaître
par les citations qu'il en fait non-seulement dans le passage que
nous venons de citer, mais dans beaucoup d'autres.

Nicolas Oresme nous conduit à Pierre d'Ailly, entré comme bour-
sier au collége de Navarre onze années environ après le départ
d'Oresme, et devenu lui-même, dans la suite, une des gloires de
cette maison, tant par les charges éminentes qu'il remplit dans
l'église, que par son érudition variée et par ses ouvrages. Ceux de
ses écrits qui touchent à l'objet de nos recherches sont une cosmographie où il ne fait qu'abréger la géographie de Ptolémée nouvelle-
ment traduite par Angeli, des *Questions* sur la sphère et un traité
qu'il a intitulé *Imago mundi*. Ce dernier ouvrage, accompagné de
curieux appendices, est de beaucoup le plus important. L'auteur y
répète à plusieurs reprises que la distance n'est pas aussi grande
qu'on le suppose entre le détroit de Gadès et le continent de l'Inde.
« Mare Oceanum inter orientales et occidentales Gades Herculis an-
gustiorem latitudinem, quam philosophor. · vulgus credit, perhibe-
tur habere. » Et un peu plus haut : « Latus Orientale Indiæ a qui-
busdam fertur usque prope finem Africæ proteudi (2). » Mais à
quelle source Pierre d'Ailly avait-il emprunté cette notion, si ce

---

(1) Ch. 38, *Des habitations qui sont dehors les climats.* Voy. l'*Essai
sur la vie et les ouvrages de Nicole Oresme*, par M. Francis Meunier,
Paris, 1858, in-8°, et le *Mémoire sur la cosmographie du moyen âge*,
d'Ernest de Fréville, dans la *Revue des Sociétés savantes*, ann. 1859,
2° sem., p. 724.

(2) *Imago mundi*, epilog. Cf., *ibid*., c. 49.

n'est à la même source que Nicolas Oresme, saint Thomas d'Aquin et Albert le Grand, je veux dire aux livres d'Aristote et d'Averroës? Une particularité que M. Humbold a relevée (1) et qui n'est pas sans valeur pour l'histoire littéraire, c'est que le cardinal de Cambrai, sur la question qui nous occupe, ne fait souvent qu'abréger et même copier Roger Bacon. Un assez grand nombre de passages de l'*Imago mundi* sont la reproduction textuelle de l'*Opus Majus*.

Sans chercher ici à opérer des rapprochements qui prolongeraient outre mesure cette discussion déjà trop étendue, nous sommes, je crois, autorisés à conclure : 1° qu'au temps de Pierre d'Ailly une tradition sur la faible étendue de la mer qu'on supposait séparer le continent oriental et l'occident de l'Europe s'était établie dans l'École; 2° que cette tradition, dont la source était Aristote, se perpétuait comme elle s'était formée, par l'entremise des interprètes du Stagyrite.

Nous touchons à l'époque où les sciences et les arts de l'Europe verront s'accomplir une révolution mémorable dans laquelle la géographie aura la plus vaste part. Sénèque a écrit de beaux vers sur les découvertes que l'avenir réservait au génie de l'homme dans des mondes inconnus à l'antiquité :

> Venient annis sæcula seris
> Quibus Oceanus vincula rerum
> Laxet, et ingens pateat tellus,
> Tethysque novos detegat orbes,
> Nec sit terris ultima Thule.

Cette prédiction n'avait pas échappé aux anciens interprètes de Sénèque, et l'un d'eux, Nicolas Triveth, de l'ordre des Frères prêcheurs, explique avec concision, comment elle recevra son accomplissement, lorsque les progrès de l'industrie humaine auront surmonté les obstacles qui nous dérobent la connaissance de la nature (2). Au quinzième siècle, la science de la navigation était assez avancée pour qu'une expédition partie des côtes occidentales de

(1) *Examen critique*, t. I⁰ʳ, p. 63 et suiv.
(2) Comm. inédit sur les tragédies de Sénèque, Bibl. imp., anc. fonds, mss. R032, f° 124 r° : « Secula venient annis seris, quibus Oceanus laxet

l'Europe pût s'aventurer sur l'Océan avec chances de succès, si elle était conduite par un chef intrépide, dont le cœur, suivant l'expression d'Horace, fût cuirassé trois fois contre les dangers. Les Portugais, animés par leurs princes, donnèrent les premiers l'exemple en cinglant vers le Sud; ils reconnurent toute la côte d'Afrique, depuis les Canaries jusqu'au cap de Bonne-Espérance; avec un courage encore plus héroïque, Christophe Colomb résolut de pousser à l'Ouest, espérant se frayer la route des Indes à travers l'Atlantique.

Quand une idée a fait son chemin dans le monde, il arrive souvent que son origine s'oublie; ceux qui en tirent les applications les plus grandioses ignorent ou feignent d'ignorer d'où elle vient et à quelle source ils doivent rapporter cette tradition qui les a si heureusement servis. Tel ne fut pas le sort de l'idée dont nous esquissons l'histoire. Christophe Colomb qui la mit à profit en connaissait la provenance; il savait par quelles lectures et sous quelles influences son propre génie s'était développé, et il ne cherchait pas à cacher qu'il avait trouvé chez Aristote ce germe devenu si fécond entre ses mains. Son fils Fernand Colomb, en racontant sa vie, explique avec beaucoup de détail, d'après ses manuscrits, les motifs qui l'avaient poussé à entreprendre son expédition; en première ligne figurent l'opinion exprimée par Aristote au livre *du Ciel et du Monde*, et le commentaire d'Averroës. Mais nous avons mieux encore, nous possédons le propre témoignage de Christophe Colomb lui-même, qui, dans la relation de son troisième voyage, écrite selon toute apparence au commencement de l'année 1498, s'exprime en ces termes :

« Le Maître de l'*Histoire scolastique* dit en parlant sur la Genèse que les eaux sont peu abondantes; que lorsqu'elles furent créées, elles ne couvraient toute la terre, que parce qu'elles étaient vaporeuses et comme des brouillards; et que lorsqu'elles furent deve-

---

« vincula rerum, » scilicet impedimenta quibus adhuc prohibentur homines ne videant aliquas terras vel regiones ignotas; unde subdit « et pateat. » id est, patebit ingens tellus, « Tethysque » id est nauta Jasonis « detegat, » id est, deleget, non in persona sua, sed in arte navigationis quam primo adinvenit, « novos orbes, » id est ignotas regiones nobis, et tanquam novas regiones, « nec sit, » id est, erit, « Ti'e ultima terris, » scilicet quod ultra eam invenietur terra per navigationem.....

nues solides et réunies, elles occupèrent très-peu de place. Nicolas de Lira en a la même opinion. Aristote dit que ce monde est petit et qu'il y a peu d'eau, et qu'on peut passer facilement d'Espagne dans les Indes. Avenruyz confirme cette idée, et le cardinal Pierre de Aliaco le cite, en appuyant cette opinion qui est conforme à celle de Sénèque, en disant qu'Aristote a pu connaître beaucoup de choses secrètes sur le monde, à cause d'Alexandre le Grand, et Sénèque à cause de César Néron, et Pline à cause des Romains, les uns et les autres ayant dépensé beaucoup d'argent, employé beaucoup de monde et mis beaucoup de soin pour découvrir les secrets du monde et en répandre la connaissance. Le même cardinal accorde à ces écrivains une autorité plus grande qu'à Ptolémée et aux autres Grecs et Arabes (1). »

Il semble que Christophe Colomb ne pouvait déclarer dans des termes plus positifs qu'il est lui-même le disciple d'Aristote et de ses interprètes; qu'il s'est inspiré de la lecture de leurs écrits; que leurs exemples ont contribué pour une large part à l'éclairer et à le diriger. Il n'a pas suivi l'autorité de Ptolémée; pourquoi? Pour le même motif qui la diminuait aux yeux de Roger Bacon et de Pierre d'Ailly, et qui leur faisait préférer le témoignage de Pline et celui de Sénèque. Fernand Colomb nous apprend que son père a connu la *Géographie* de Strabon; et, en effet, la traduction latine que Guarini en avait donnée fut imprimée à Venise en 1469 ou 1471 : mais Strabon lui-même ne serait-il pas resté pour Colomb une lettre morte, si celui-ci n'avait pas été préparé par ses études antérieures à saisir la portée des indications fournies par le grand géographe? N'hésitons pas à croire, d'après son propre aveu, que ses premiers, ses véritables maîtres ont été les scolastiques; c'est à la tradition péripatéticienne qu'il doit la conjecture sur la foi de laquelle, en quittant l'Espagne, il a cru s'embarquer pour les Indes. Et n'est-ce pas aussi cette même tradition, répandue alors dans toutes les écoles de l'Europe, qui fit pencher en faveur des desseins de Colomb le jugement des commissaires que la reine de Castille avait chargés de les examiner? Sans doute pour désarmer les appréhensions et les préjugés

(1) *Relations des quatre voyages entrepris par Christophe Colomb*, etc.; Paris, 1820 ; in-8°, t. III, p. 41.

qui s'opposaient à une entreprise aussi périlleuse et aussi nouvelle, il ne fallait pas moins que l'autorité séculaire du philosophe qui enchaînait à ses décisions la chrétienté, et que théologiens eux-mêmes s'étaient habitués à vénérer comme un oracle.

Nous ne voudrions pas encourir le reproche d'être tombé dans une exagération puérile. Nous n'ignorons pas que la découverte du Nouveau-Monde fut le résultat de causes très-complexes. L'heureuse issue des expéditions entreprises par les Portugais; les récits des équipages qui les avaient accomplies; les renseignements précieux que devait y trouver un esprit naturellement observateur; l'habitude et le goût des voyages; un long séjour en Portugal au bord de cette mer dont les flots semblent solliciter les navigateurs et les pousser aux aventures; les conseils de Toscanelli qui, dans une lettre célèbre, conseillait lui-même le voyage aux Indes par la voie de l'Ouest; quelques indices vagues recueillis par les habitants des côtes et qui semblaient annoncer un continent à une distance assez rapprochée vers le couchant; toutes ces circonstances bien certainement ont agi sur Colomb, et ont contribué à le pousser dans la direction qu'il a suivie. Mais quand on les a toutes énumérées, et quand, d'une autre part, on a payé un juste tribut d'admiration au sublime esprit, au cœur magnanime qui sut exécuter le plus grand et le plus périlleux des desseins, il reste encore un dernier mot à ajouter, c'est que la pensée dominante de Colomb était l'hypothèse de la proximité de l'Espagne et de l'Asie, et que cette hypothèse lui venait d'Aristote et des scolastiques. C'est le point auquel nous nous sommes attachés en essayant d'y répandre quelques lumières nouvelles. Malgré l'oubli, et peut-être même à cause de l'oubli dans lequel la géographie du moyen âge est tombée à mesure que l'homme a mieux connu sa demeure terrestre, peut-être n'était-il pas indifférent de constater que les découvertes des modernes avaient en partie leur origine historique dans une conception énoncée, il y a deux mille ans, par Aristote, recueillie par ses interprètes grecs et arabes, commentée par Albert le Grand, saint Thomas d'Aquin et Roger Bacon, et fécondée par un navigateur de génie dont la science égalait l'intrépide courage.

Paris , imprimerie Paul Dupont, rue de Grenelle-Saint-Honoré , 45. (828)

www.ingramcontent.com/pod-product-compliance
Lightning Source LLC
Chambersburg PA
CBHW061604180626
46818CB00005B/1946